Chrystine Brouillet

Clémentine n'aime pas sa voisine

Illustrations
de Daniel Sylvestre

la courte échelle
Les éditions de la courte échelle inc.

Les éditions de la courte échelle inc.
5243, boul. Saint-Laurent
Montréal (Québec) H2T 1S4

Conception graphique de la couverture:
Elastik

Conception graphique de l'intérieur:
Derome design inc.

Mise en pages:
Mardigrafe inc.

Révision des textes:
Andrée Laprise

Dépôt légal, 3e trimestre 2001
Bibliothèque nationale du Québec

Copyright © 2001 Les éditions de la courte échelle inc.

La courte échelle reconnaît l'aide financière du gouvernement
du Canada par l'entremise du Programme d'aide au développement
de l'industrie de l'édition pour ses activités d'édition. La courte échelle
est aussi inscrite au programme de subvention globale du Conseil
des Arts du Canada et reçoit l'appui du gouvernement du Québec
par l'intermédiaire de la SODEC.

La courte échelle bénéficie également du Programme de crédit d'impôt
pour l'édition de livres — Gestion SODEC — du gouvernement du
Québec.

Données de catalogage avant publication (Canada)

Brouillet, Chrystine

   Clémentine n'aime pas sa voisine

   (Premier Roman; PR112)

   ISBN 2-89021-498-2

   I. Sylvestre, Daniel.   II. Titre.   III. Collection.

PS8553.R684C56   2001   jC843'.54   C2001-940758-0
PS9553.R684C56   2001
PZ23.B76Cl   2001

Chrystine Brouillet

Chrystine Brouillet est l'un des rares auteurs québécois à écrire des romans policiers. Née en 1958 à Québec, elle a publié son premier roman en 1982. Depuis, elle cumule les succès. En 1985, *Le complot* est couronné meilleur livre jeunesse de l'année. En 1991 et 1992, *Un jeu dangereux* et *Le vol du siècle* gagnent respectivement le prix des Clubs de la Livromanie et de la Livromagie. Puis Chrystine Brouillet est élue auteur préféré des jeunes, recevant le prix du Signet d'Or, en 1993 et 1994.

Chrystine Brouillet écrit pour les adultes. Outre sa trilogie historique *Marie LaFlamme,* elle a publié *Le Collectionneur, C'est pour mieux t'aimer, mon enfant, Les fiancées de l'enfer* et *Soins intensifs* dans la collection Roman 16/96 de la courte échelle. En plus d'aimer inventer des histoires, Chrystine adore cuisiner, manger du chocolat et caresser son chat Valentin! Jusqu'à maintenant, Chrystine Brouillet a publié plus d'une vingtaine de romans pour les jeunes à la courte échelle. Plusieurs sont traduits en chinois, en italien et en arabe.

Daniel Sylvestre

Daniel Sylvestre a commencé très jeune à dessiner, et ce goût ne l'a jamais quitté. Après des études en arts décoratifs puis en arts graphiques à Paris, il a collaboré à des films d'animation, fait des illustrations pour des revues comme *Châtelaine* et *L'actualité,* réalisé des affiches publicitaires et travaillé en graphisme. Aujourd'hui, on peut voir ses illustrations dans de nombreux pays.

À la courte échelle, Daniel Sylvestre est le complice de Bertrand Gauthier pour les albums Zunik. Il a d'ailleurs reçu le prix Québec-Wallonie-Bruxelles pour *Je suis Zunik.* Il est aussi l'illustrateur de la série Notdog de Sylvie Desrosiers, publiée dans la collection Roman Jeunesse, ainsi que des couvertures de plusieurs livres de la collection Roman+.

De la même auteure, à la courte échelle

Collection Albums

Une chauve-souris qui pleurait d'être trop belle

Collection Premier Roman

Mon amie Clémentine
Les pièges de Clémentine
Clémentine aux quatre vents

Collection Roman Jeunesse

Série Catherine et Stéphanie:

Le complot
Le caméléon
La montagne Noire
Le Corbeau
Le vol du siècle
Les pirates

Série Andréa-Maria et Arthur:

Mystères de Chine
Pas d'orchidées pour Miss Andréa!
Les chevaux enchantés
La veuve noire
Secrets d'Afrique
Le ventre du serpent
La malédiction des opales
La disparition de Baffuto

Collection Roman+

Un jeu dangereux
Une plage trop chaude
Une nuit très longue
Un rendez-vous troublant
Un crime audacieux
Un bonheur terrifiant

Chrystine Brouillet

Clémentine n'aime pas sa voisine

Illustrations
de Daniel Sylvestre

la courte échelle

1
Ma nouvelle voisine

Ce matin, je riais avec Clémentine quand j'ai vu un gros camion se garer dans notre rue. Un camion de déménagement. Nous allions avoir de nouveaux voisins! Peut-être qu'il y aurait un garçon de mon âge?

— Est-ce que tu lui parleras de moi? a demandé Clémentine.

— Tu sais bien que non!

Je ne peux pas mentionner l'existence de mon amie Clémentine parce que c'est une lutine. Oui, une lutine avec de longs cheveux verts et quatre oreilles et beaucoup de caractère. Je ne connais personne d'aussi entêté!

— Je veux voir le camion, a déclaré Clémentine.

— Je vais déjeuner avant.

— Non, maintenant. Sinon je vais rugir!

J'ai ri. Je sais bien qu'elle ne mettrait pas sa menace à exécution. Même si elle en est très capable. Clémentine peut imiter n'importe quel bruit: un feulement, un klaxon, une sirène ou un beuglement.

Mais si elle se mettait à rugir, mes parents la découvriraient... Et nous voulons garder notre secret.

J'ai avalé mon bol de céréales en vitesse. J'ai mis mes bottes et ma tuque. Puis j'ai placé Clémentine dans la poche de mon anorak.

Une dame regardait les déménageurs porter les meubles. Ils étaient très forts. Ils ont soulevé un piano.

— Attention à mon piano!

Une fille avec des cheveux dorés et des yeux bleus comme le ciel s'approchait des hommes.

— Faites attention! a-t-elle répété.

— On ne le laissera pas tomber, promis, a rigolé un gros homme.

La fille s'est retournée, un peu vexée. Elle m'a aperçu et m'a souri. Je ne sais pas trop quoi faire quand les filles me sourient. Alors je suis resté sans bouger de l'autre côté de la rue.

Elle est venue vers moi.
— Salut! Je m'appelle Juliette.
Et toi?
— Gustave.

— C'est un beau prénom. C'est très rare. Je vais habiter ici maintenant.

— As-tu des frères? lui ai-je demandé.

— Non. Et toi, tu as des soeurs?

J'ai secoué la tête. Juliette a paru un peu déçue.

La porte de la maison s'est ouverte et sa mère l'a appelée.

— Viens déjeuner! a-t-elle dit.

Juliette est rentrée après m'avoir salué.

Je suis rentré aussi chez moi pour chercher ma pelle et ramener Clémentine. Aujourd'hui, j'allais construire un énorme fort dans le parc. Je me cacherais derrière les remparts pour attaquer Horace.

Horace est mon pire ennemi. Il est méchant et cherche toujours à voler ma collation. Il sort souvent avec son chien Tyran qui lui ressemble.

La neige était collante, idéale pour construire un fort. Clémentine était restée à la maison, car elle n'aime pas trop l'hiver. Elle préfère dormir dans sa belle boîte à chaussures. Je l'ai remplie de plumes et c'est très douillet.

Je ramassais de la neige pour façonner un gros cube quand Juliette m'a rejoint.

— Est-ce que je peux t'aider?

— Il faut faire des cubes, comme des briques. Ensuite, je les assemble pour bâtir un mur.

— Comme dans les romans de chevalerie. Et on va lancer des balles de neige sur nos ennemis.

Juliette a alors modelé une balle de neige. Puis elle l'a lancée

de toutes ses forces. Le projectile est allé très loin.

On a joué encore un peu. Ensuite, on est rentrés pour dîner et faire sécher nos mitaines.

2
Jalousie

Après le repas, j'ai rejoint Clémentine avec la portion de nourriture que je cache pour elle.

— Oh! Des petits pois! J'adore les petits pois! s'est-elle exclamée.

Elle en a mangé au moins quatre. Je lui ai parlé de Juliette.

— Elle est formidable. Elle lance les balles de neige très loin.

— C'est facile, a marmonné Clémentine.

— Facile à dire! Je voudrais bien te voir à l'oeuvre.

— Je suis trop petite. Cette Juliette est une pimbêche qui veut se faire remarquer.

J'ai protesté. Juliette est gentille. Et elle a des joues rondes et rouges comme des pommes. Ou du sucre d'orge.

— Je la trouve très laide avec ses cheveux tout jaunes, a dit Clémentine.

— Tu es jalouse!

— Jalouse? Moi? D'une fille si ordinaire?

Elle a ri très fort. Trop fort. J'ai refermé le couvercle de la boîte pour atténuer le bruit.

— Ouvre-moi, a tempêté Clémentine.

— Cesse de crier.

J'ai déplacé le couvercle et annoncé que je retournais dehors.

— J'y vais aussi!

Clémentine a tortillé le bout d'une de ses mèches vertes autour de son index. D'une petite voix, elle m'a supplié:

— S'il te plaît, cache-moi sous ta tuque. J'aurai bien chaud...

J'ai cédé. Elle s'est enthousiasmée en voyant mon fort. Soudain, on a entendu japper.

Ah non! C'était Tyran, le chien d'Horace, qui fonçait droit sur moi. Je me suis caché dans le fort. J'avais préparé des munitions. J'ai lancé des balles de neige sur l'animal.

— Espèce de petit morveux! a hurlé Horace qui suivait son chien. Je vais te faire manger de la neige.

J'ai lancé quelques projectiles vers Horace, mais j'étais trop nerveux et j'ai manqué ma cible. Il s'est rué vers moi. J'ai couru vite en tenant ma tuque pour ne pas perdre Clémentine.

Horace m'a rattrapé. Je me suis débattu, sans résultat. Il est vraiment fort. J'ai tenté de lui donner des coups de poing, mais il appuyait son genou sur ma tête. Il est lourd!

— Je vais enlever ton chapeau pour bien voir ton visage.

Il a saisi ma tuque, l'a lancée derrière le mur.

Je n'aurais jamais dû y cacher ma lutine.

— Et maintenant, tu vas avaler toute la neige du parc, Gugus, toute la neige!

— Arrête! Laisse-moi tranquille.

Horace riait tout en me frottant les joues et le menton avec la neige. Brrr, c'était froid! Pourtant, je pensais surtout à Clémentine. Et à Tyran qui pouvait prendre la tuque dans sa gueule pour s'amuser...

J'essayais de me libérer quand un son strident a retenti dans tout le parc.

Un son si aigu que Tyran s'est

mis à gémir. Il s'est enfui vers la rue et l'a traversée, même si Horace lui criait de s'arrêter.

— Qu'est-ce que ce bruit épouvantable? a demandé Horace en cessant de me maltraiter.

Il s'est relevé pour courir derrière son chien. Dès qu'il a atteint la rue, le bruit a cessé.

— Clémentine? Tu vas bien?

Je me suis précipité vers la tuque. Clémentine souriait, contente de son effet.

— Ton bruit était très réussi! ai-je commenté. Ce sifflement était insoutenable.

— Merci, a-t-elle dit en esquissant une révérence.

— On rentre à la maison, je dois changer de chandail. J'ai de la neige dans le dos.

3
Un signal

J'ai enfilé mon chandail rouge, mis mon foulard gris, tout en grignotant un biscuit.

— J'en veux! a exigé Clémentine. Je l'ai bien mérité. Que ferais-tu sans moi?

Je lui en ai donné un morceau, alors qu'elle continuait à vanter ses mérites.

— Je suis la meilleure de tes amies, non? Ce n'est pas ta voisine qui aurait pu t'aider...

— Juliette n'a pas ton don pour imiter les sons, ai-je protesté.

Clémentine a fait une grimace en haussant les épaules. Vraiment, elle est injuste!

Quand j'ai enfilé ma tuque, elle a voulu que je l'y cache de nouveau.

— Non! C'est trop dangereux, Tyran aurait pu te dévorer.

— Il ne reviendra pas de sitôt! Emmène-moi. Je m'ennuie ici toute seule.

— Non!

Elle s'est mise à pleurer. Je ne peux pas supporter de la voir

ainsi. Je lui ai proposé de l'installer dans ma poche d'anorak.

— Mais je ne vois rien quand j'y suis. C'est trop profond. Alors que je peux regarder à travers les mailles de ton chapeau de laine.

— Ce sera provisoire. J'ai une idée.

J'ai pris une carotte dans le réfrigérateur. Ensuite, j'ai emprunté une vieille casquette de mon père.

— Je vais faire un bonhomme de neige! ai-je annoncé à Clémentine. Tu vas pouvoir te glisser dans la casquette. D'en haut, tu pourras surveiller les alentours.

— Et si Horace revient, je t'avertirai en glougloutant.

Elle a imité le cri du dindon. J'ai roulé d'énormes boules de neige que j'ai disposées l'une sur l'autre. Puis j'ai enfoncé la carotte pour faire le nez du bonhomme. Et j'ai mis deux noix pour les yeux.

J'ai extirpé Clémentine de ma poche d'anorak et l'ai installée sous la casquette.

— C'est génial! a-t-elle commenté. Je vois à des kilomètres à la ronde.

Elle exagérait un peu, comme toujours.

Je formais d'autres balles de neige quand j'ai entendu «glouglou, glouglou». Mon ennemi s'avançait vers nous!

Je me suis caché derrière le rempart. Je ne pouvais pas le voir, mais j'entendrais sûrement Tyran japper! Il le fait toujours quand il s'approche de moi avec son maître.

Horace voulait sûrement me voler ma collation!

J'avais suffisamment de munitions pour me défendre. Et Clémentine était en sécurité. Elle pourrait émettre un bruit terrifiant si c'était nécessaire. Un barrissement, par exemple. Ou imiter une sirène de pompiers.

J'ai tiré une première balle sans vraiment regarder, car il ventait

beaucoup. J'avais relevé mon ca-
puchon pour me protéger des
bourrasques.

Je me suis étonné de ne pas
voir Tyran foncer vers moi. Peut-
être se souvenait-il du sifflement
désagréable émis par ma lutine?

Je me suis penché pour prendre une autre balle que j'ai tirée
très loin.

J'ai entendu: «Aïe! Arrête!» Et j'ai reconnu la voix de Juliette. Juliette?

Bien sûr, elle portait un manteau de la même couleur que celui d'Horace. Mais Clémentine a une bonne vue. Elle avait sûrement remarqué les longues tresses blondes de Juliette.

— Clémentine! Ce n'est pas gentil de ta part!

— Quoi?

— Tu peux distinguer un écureuil sur la clôture du parc... Tu as très bien vu Juliette.

Clémentine a juré que non.

— Peut-être que j'ai besoin de lunettes?

Je ne l'écoutais plus. Je m'avançais vers ma voisine qui s'était immobilisée. Elle me regardait craintivement.

4
Horace la menace!

— Ne t'inquiète pas. Je ne te lancerai plus de neige. Je pensais que c'était Horace qui revenait encore pour se battre.

— Horace?

— Mon pire ennemi!

J'ai raconté à Juliette mes démêlés avec lui et elle m'a écouté gentiment. Puis on a fabriqué un autre bonhomme. On a agrandi notre fort et modelé des créneaux comme ceux des châteaux.

Nous n'avons pas entendu Horace arriver. Quand Clémentine a commencé à glouglouter, il était trop tard.

— Ah! ah! Tu as besoin d'une fille pour te défendre, mon petit microbe! a fait Horace.

J'ai lancé une balle de neige pour toute réponse.

Juliette m'a imité, mais Horace s'avançait en levant sa luge de plastique pour s'en faire un bouclier. Les projectiles s'écrasaient dessus sans atteindre Horace!

Il a à son tour lancé une balle de neige. Qui a fait un trou dans notre rempart.

— Il est vraiment fort! ai-je dû admettre en reprenant des munitions.

— Non! Regarde.

Juliette désignait une roche noire.

— Il a mis de la neige autour des cailloux!

— Il triche! Il n'a pas le droit, c'est trop dangereux!

— Attention! Il recommence!

Horace nous lançait un autre projectile. Il avait visé cette fois le bonhomme de neige...

— Regarde. Je vais lui casser le nez en deux. Il est trop ridicule avec cette carotte.

— Non! Ne la lance pas! ai-je hurlé.

Trop tard. Horace avait visé le nez, mais il avait atteint la casquette.

Je me suis jeté par terre pour ramasser la casquette. Si Horace avait fait du mal à Clémentine, je lui ferais avaler la carotte!

Heureusement, la balle avait ricoché sur la visière. Et Clémentine est si légère. Elle n'était pas blessée. Elle avait simplement roulé sur le sol.

Je l'ai vite soulevée par les pans de sa robe et cachée dans la casquette. Que j'ai enfouie aus-

sitôt sous mon anorak. Juliette s'en est étonnée.

— Pourquoi ne la poses-tu pas sur la tête du bonhomme de neige?

— Elle appartient à mon père. Si on l'abîme, il sera furieux contre moi. Je rapporterai un vieux chapeau tout à l'heure et...

J'ai reçu une balle de neige dans le dos. Horace était tenace!

Juliette a riposté aussi vite et on a tiré toutes nos munitions. Horace a fini par reculer. On a applaudi sa déroute. Il s'est retourné, l'air mauvais.

— Ne crie pas victoire, petit morpion, je rentre simplement manger chez moi. Mais je reviendrai et ma vengeance sera terrible. Je vais détruire votre fort!

Oh là là! Horace la menace se prenait vraiment au sérieux.

— Il est prétentieux, a dit Juliette. Mais il ne me fait pas peur.

— À moi non plus. On reviendra pour défendre notre château.

5
On se défend!

J'ai avalé mon goûter en vitesse. Maman l'a remarqué.

— Pourquoi es-tu si pressé?

— Je dois aller défendre les remparts de notre château, ai-je expliqué. Et j'ai besoin d'un vieux chapeau pour notre bonhomme.

Maman est allée fouiller à la cave. J'en ai profité pour nourrir Clémentine que j'avais cachée dans sa boîte à chaussures.

— Je meurs de faim! a murmuré Clémentine dès qu'elle m'a aperçu.

— Tu n'es plus étourdie?

— Pas du tout! Mais je veux me venger. Je veux faire peur à Horace.

— Tu as une toute petite voix, ai-je fait remarquer.

— Tu dis toujours que je parle trop fort et qu'on pourrait m'entendre!

— Et si Horace lançait de nouveau une balle sur le chapeau? Tu pourrais encore dégringoler et te blesser. Tu as eu de la chance la première fois...

— Non, non! Je veux y aller. Tu n'as qu'à fixer le chapeau sur la tête du bonhomme de neige.

J'ai entendu maman m'appeler. Elle avait déniché un chapeau en feutre dans une vieille malle.

— Ne reste pas dehors très longtemps, a dit maman. La tempête annoncée a commencé! Je veux que tu rentres dès que le vent sera trop violent.

— Promis! ai-je déclaré avant de remettre mon anorak.

J'ai glissé Clémentine dans ma poche et nous sommes partis vers le parc.

J'ai installé ma lutine sous le chapeau. Il la protégerait des flocons qui tombaient déjà.

J'avais pris soin d'y percer deux trous avec un petit clou. J'ai attaché le chapeau avec un ruban que j'ai noué sous la tête du bonhomme.

Clémentine pouvait ainsi participer à nos jeux. Et elle avait promis de ne siffler qu'en apercevant Horace.

Elle a tenu parole. Je n'ai pas entendu un son quand Juliette est arrivée.

Je lui ai montré une corde en nylon que j'avais apportée.

— On va la tendre entre l'érable et le bouleau. Quand Horace reviendra, il ne verra pas la corde. Il trébuchera et échappera toutes ses munitions.

— Dépêchons-nous!

On a bien attaché le fil. Horace est tombé comme prévu.

Et il s'est relevé, a découvert notre piège. Il était vraiment fâché. Il s'est rué vers nous.

J'étais certain que Clémentine imiterait un bruit épouvantable. Je n'avais pas encore trouvé d'explications à fournir à Juliette.

Mais l'important était de faire fuir Horace.

Mais non. Rien. Pas un rugissement, ni un glapissement.

Que se passait-il? Mon amie lutine avait toujours crié quand il y avait du danger. Ça l'amusait beaucoup de faire peur à Horace...

— Ah! Ah! Tu as changé le chapeau de ton gros bonhomme, mon petit Gustave? Il est encore plus laid que l'autre! Il plaira sûrement à Tyran. Il adore déchirer les chapeaux.

— Non, ai-je crié. Ne touche pas au chapeau!

Horace s'est avancé, a soulevé sa luge et l'a rabattue de toutes ses forces sur notre fort. Bang, bang, bang! Il démolissait tout!

— Arrête! a hurlé Juliette.

Horace continuait à tout saccager. Je me suis jeté sur lui pour tenter de l'empêcher d'atteindre le bonhomme de neige. Il est tombé et on a roulé dans la neige.

— Tu vas en manger un peu avant que je détruise le bonhomme. Ensuite, je vais prendre le chapeau comme trophée de guerre!

J'ai lutté avec énergie, mais Horace est beaucoup plus grand et plus gros que moi.

J'allais m'avouer vaincu quand j'ai vu Juliette qui s'emparait du chapeau. Elle m'a fait un clin d'oeil rassurant en le glissant dans son manteau. Puis elle a couru vers le fond du parc, tandis que je me battais avec Horace.

J'ai avalé de la neige. Quand Horace m'a enfin laissé tranquille, Juliette et Clémentine avaient disparu du paysage...

6
Disparitions

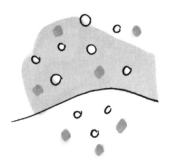

Horace a regardé autour de lui.

— Ah, ta petite copine a eu peur de moi, hein? Les filles sont si craintives! Un peu comme toi, non?

Je n'ai pas répondu. Je ne voulais pas recommencer la bataille. Je ne pensais qu'à Clémentine; Juliette la découvrirait sûrement.

Comment réagirait-elle?

Et si elle en parlait à ses parents? Ou à ses amis?

J'étais découragé!

J'ai fait semblant de pleurer, car rien ne pouvait faire plus plaisir à Horace.

— Oh! le petit bébé qui pleurniche parce qu'il a mangé de la neige... Console-toi, je m'en vais. Ce n'est même pas intéressant de se battre avec toi. Tu es trop faible.

Et Horace est enfin parti.

En oubliant sa luge!

J'ai attendu quelques minutes. Il allait sûrement revenir la chercher. Mais non, il s'est dirigé vers la rue qui longe le parc et l'a traversée. Ouf!

J'ai couru du côté des bosquets vers lesquels s'était dirigée Juliette. Je traînais la luge avec moi. Le vent soufflait maintenant très fort. Il soulevait la neige, et les bourrasques me fouettaient le visage.

J'avançais lentement, car la poudrerie m'aveuglait. Il fallait pourtant que je retrouve rapidement Clémentine et qu'on rentre à la maison. Maman allait sûrement s'inquiéter!

Je m'enfonçais dans la neige tout en me demandant ce que j'allais dire à Juliette. Elle devait me jurer de garder le secret sur l'existence de Clémentine. Accepterait-elle? Juliette était très gentille, mais je ne la connaissais pas tellement...

Tout était ma faute. Je n'aurais pas dû emmener Clémentine. Je ne pouvais pas non plus la laisser toujours à la maison. Elle s'ennuyait vite dans ma chambre, dans sa petite boîte.

Ce n'est pas facile de vivre avec une lutine!

J'allais atteindre bientôt les bosquets. Je ne voyais toujours pas mes amies.

Où étaient-elles?

J'ai tenté de distinguer les pas de Juliette dans la neige. Le vent avait effacé toutes les traces.

J'ai enfin rejoint les bosquets: mes amies n'y étaient pas. Par contre, une mitaine était restée accrochée aux épines d'un buisson. Juliette était passée par là!

Pour aller où?

J'ai crié «Juliette!» plusieurs fois sans succès. Je regardais autour de moi sans savoir dans quelle direction avancer...

Elle ne connaissait pas le parc, car elle venait juste d'emménager dans notre quartier. Et si elle s'était avancée jusqu'au lac? On ne le voyait pas, car il était caché sous la neige. On n'apercevait que la cabane du jardinier.

La cabane! Voilà où elle devait s'être réfugiée. Elle avait voulu se mettre à l'abri de la poudrerie.

Mais Juliette ignorait qu'il y a une côte très abrupte près de la cabane...

Je regrettais vraiment de ne pas avoir apporté mes raquettes. J'avais beau marcher le plus vite possible, il me semblait que j'avançais comme une tortue.

J'étais si inquiet. Je me demandais pourquoi Clémentine n'avait pas hurlé comme convenu. Était-elle malade? Était-ce grave? Est-ce que je saurais soigner une lutine?

J'avais peur de devoir tout ré-
véler à mes parents... Qu'arrive-
rait-il alors à mon amie Clémentine?

7
Une blessée

J'ai finalement atteint la cabane. Et j'ai crié de nouveau: «Juliette! Juliette!»

— Gustave? Je suis ici.

C'était la voix de Juliette. J'ai fait le tour de la cabane et je l'ai vue au bas de la côte. Elle semblait mal en point.

— J'ai dévalé la pente en tentant de m'accrocher à un arbuste. Je suis tombée. Et j'ai mal à la cheville.

Je me suis rapproché d'elle pour l'aider. Je n'osais pas la questionner sur Clémentine...

Tandis que je la rejoignais, Juliette a esquissé un sourire.

— J'ai découvert ton secret, Gustave...

— Mon secret?

Juliette a entrouvert son manteau où elle avait glissé le chapeau. Elle me l'a tendu.

— Je l'ai gardée bien au chaud contre mon coeur. J'ai failli m'évanouir de surprise quand j'ai vu cette créature dans le chapeau. Elle est si mignonne. C'est dommage qu'elle ne puisse pas parler.

— Clémentine? Elle parle beaucoup, au contraire! N'est-ce pas, Clémentine?

Mais Clémentine m'a regardé en secouant la tête. Elle a ouvert la bouche. J'ai entendu un petit râle.

Oh! Elle souffrait d'une extinction de voix. C'est pourquoi elle n'avait pu me prévenir de l'arrivée d'Horace. Pauvre Clémentine!

— Elle a mal à la gorge, ai-je expliqué à Juliette. Et toi à la cheville! Il faut qu'on rentre vite à la maison pour vous soigner.

— Je ne peux pas marcher, a fait Juliette. C'est trop douloureux. Sinon, j'aurais bien tenté de te rejoindre.

— J'ai une idée.

J'ai aidé Juliette à s'installer sur la luge d'Horace. J'ai remonté la pente lentement. Puis j'ai traîné mes amies jusqu'à la maison. Heureusement que Clémentine ne pèse presque rien!

J'ai sonné chez Juliette et sa mère nous a ouvert.

— Juliette! Qu'est-ce qui t'est arrivé?

— Je suis tombée et je me suis foulé la cheville.

Mme Morissette a soulevé Juliette dans ses bras. Elle l'a portée jusqu'à l'intérieur en me remerciant de m'être occupé d'elle.

— C'est normal, c'est mon amie.

— Veux-tu manger des tartelettes aux framboises avec Juliette? Pendant ce temps, je lui ferai un bandage.

Nous sommes entrés dans la maison.

— Enlève ton manteau, a proposé Mme Morissette.

— Non, non, ce n'est pas né-

cessaire. Je ne resterai pas longtemps.

Je ne voulais pas qu'elle
voie le vieux chapeau. Et pose
des questions embarrassan-
tes...

Je me suis assis à la table de la
cuisine et j'ai dévoré trois tartelettes. Ce sont les meilleures du
monde!

Puis j'ai remercié Mme Morissette. J'ai promis de prendre
des nouvelles de Juliette. Ma copine m'a donné son numéro de
téléphone.

Je suis rentré chez moi rapidement. J'étais inquiet pour Clémentine. Elle ne remuait presque pas sous mon anorak. J'espérais qu'elle dormait... sans trop y croire.

8
L'infirmière

J'ai refusé les biscuits que maman m'a offerts, mais j'ai accepté le chocolat chaud. Je suis allé dans ma chambre pour le boire. Et surtout pour en donner à Clémentine. Elle adore le chocolat!

Si elle était malade, j'étais certain que le lait au chocolat la guérirait.

Je l'ai sortie du chapeau pour l'installer dans sa boîte. Elle a gémi faiblement et secoué la tête quand je lui ai proposé du chocolat.

J'ai touché son front minuscule. Il n'était pas brûlant, mais ses mains, elles, l'étaient... J'ai trouvé un thermomètre et l'ai posé sur les mains de mon amie. Oh là là! Clémentine faisait de la fièvre.

Comment la soigner? J'aurais bien voulu en parler à maman... J'ai téléphoné à Juliette.

— Il faut lui donner un bain chaud pour la réconforter, a dit Juliette.

— Elle ne veut pas se déshabiller devant moi, ai-je confié à ma voisine. Habituellement, je lui apporte une tasse d'eau chaude. Elle se trempe dedans et s'essuie avec un mouchoir.

— Un mouchoir?

— Oui. Mais Clémentine est si faible maintenant qu'elle pourrait se noyer si je la laisse seule.

— Je vais venir la baigner et la dorloter, a décidé Juliette.

— Mais ta cheville?

— Maman l'a bien bandée et je ne sens presque plus rien. Chacun son tour de rendre service. À tout de suite!

J'étais soulagé.

On est montés dans ma chambre. Juliette a tiré une bouillotte qu'elle avait dissimulée sous son gros chandail.

— Voilà pour notre amie. Ce sera son lit d'eau chauffant.

Juliette a déshabillé Clémentine et l'a frictionnée avec de l'eau de rose. Pendant ce temps, j'émiettais un biscuit à l'érable pour le faire tremper dans du lait

chaud. Peut-être que Clémentine retrouverait l'appétit?

Elle a enfilé à ma lutine la petite robe de nuit d'une de ses poupées. Elle l'a ensuite couchée dans une de ses mitaines de fourrure.

— Tu vas avoir bien chaud, ma chérie, a-t-elle murmuré à Clémentine. Je vais coiffer tes cheveux pour la nuit.

Juliette avait apporté un peigne minuscule et a brossé la chevelure de Clémentine longuement.

— J'adore quand maman me brosse les cheveux. Ça m'aide à dormir.

C'est un truc qui fonctionne aussi avec les lutines. J'ai vu Clémentine battre des paupières, puis fermer les yeux.

Juliette s'est éloignée de la boîte-maison. Ensuite, nous avons regardé des livres d'images en parlant tout bas pour ne pas réveiller Clémentine.

Au bout d'une heure, on a entendu un léger ronflement... On s'est approchés. Notre lutine souriait en dormant. J'ai touché ses mains. Elles étaient tièdes.

Juliette avait guéri Clémentine!

Maman a invité mon amie à rester avec nous pour le souper. Juliette a accepté et nous avons regardé la télévision ensemble. On aime les mêmes émissions. Elle est vraiment fantastique!

Juste avant le départ de Juliette, Clémentine s'est réveillée.

— J'ai faim! a-t-elle dit.

Elle avait retrouvé la voix. Elle a mangé le biscuit à l'érable avec appétit. Puis elle a annoncé à Juliette qu'elle voulait essayer tous les vêtements de ses poupées.

— On ira chez elle demain, ai-je promis.

— Non! Je veux y aller immédiatement, a déclaré Clémentine.

— Demain.

— Non! Tout de suite!

Ma Clémentine était vraiment guérie pour discuter ainsi. Heureusement, Juliette a pris mon parti. Clémentine devrait attendre un peu avant d'aller chez sa nouvelle amie!

Table des matières

Achevé d'imprimer
sur les presses de Litho Acme inc.